文学之都
未来诗空

月亮下

张羊羊 著

江苏凤凰文艺出版社

图书在版编目（ＣＩＰ）数据

月亮下 / 张羊羊著 . –– 南京：江苏凤凰文艺出版社，2023.1
（文学之都·未来诗空）
ISBN 978-7-5594-6893-2

Ⅰ.①月… Ⅱ.①张… Ⅲ.①诗集—中国—当代
Ⅳ.① I227

中国版本图书馆 CIP 数据核字 (2022) 第 203231 号

月亮下

张羊羊 著

出 版 人　张在健
选题策划　于奎潮　陈　武
责任编辑　孙楚楚
特约编辑　秦国娟
责任印制　刘　巍
出版发行　江苏凤凰文艺出版社
　　　　　南京市中央路 165 号，邮编：210009
出版社网址　http://www.jswenyi.com
印　　刷　三河市华东印刷有限公司
开　　本　880 毫米 × 1230 毫米　1/32
印　　张　5.375
字　　数　106 千字
版　　次　2023 年 1 月第 1 版
印　　次　2023 年 1 月第 1 次印刷
标准书号　ISBN 978-7-5594-6893-2
定　　价　48.00 元

江苏凤凰文艺版图书凡印刷、装订错误，可向出版社调换，联系电话 025 - 83280257

自 序

十几岁开始写诗,写到四十几了,似乎仍然陶醉于一种嘟嘴说话的方式。我还能看见那个婴儿躺在姆妈的臂弯,吮着指头,那个婴儿真好看。

八年前,我在《马兰谣》里写"一个字一个字／我就把母亲写老了／一个字一个字／我就把村庄写没了";四年前,我在《绿手帕》里写"我不能忍受,用汉语写下／'母亲在世的时候……'／我的泪水会落满她打空的水井"。

我是一个诚实的书写者,而时间正在一点点将我的书写变成事实。

这本集子布满了我迷恋的落日、小河、黄昏、炊烟、瓜果、庄稼、昆虫、鸟雀,实则大多数是献给妈妈的诗篇。这个世间,我读到的最令人动容的几乎都是写给妈妈的诗。

比如韩东的《我们不能不爱母亲》:"我们以为我们可以爱一个活着的母亲,／其实是她活着时爱过我们";比如庞培的《如意》:"姆妈用嘴唇试了试／我额角的体温"。

从平稳的怀念到悲恸之美,杨键的那句"母亲的病痛是我的桃花源",让我时常会在落日下预习怀念。

"你在暮色里伸手,一摸到茧 / 让我暂且还不是一个穷人 // 姆妈,有你均匀的鼻息 / 就能吹拂我的秋水文章"。但愿这本薄薄的集子能有几个句子也让你动容,那么我就会诚实地写下去。

目录
contents

月亮下

001	小　令
003	妈妈的微笑
005	母与子
007	馈　赠
008	黄玉兰
009	存　折
011	荒　草
012	月亮向西
013	桥
014	又想起了外婆
016	七　年
018	小小的情歌
019	我的民国住址

020	数花瓣
021	小
023	大
024	草帽之歌
025	你完全可以快乐
026	味　道
027	呼　应
028	蜗　牛
030	小
032	无　垠
034	马兰谣
036	绿手帕
037	黑孩子1
039	黑孩子2
041	黑孩子3：寄少勇、雍措
043	黑孩子4
044	黑孩子5
045	美　妙
046	从　前
048	三代人
050	院　子
052	种诗者：给王春鸣

054	乐　园
056	星　空
058	以　后
059	对　话
060	睡　梦
061	小　镇
063	王　国
065	风吹大地
066	我爱这世间一切美好
068	童　话
070	循环之美
072	暮　晚
073	小　河
074	我有一颗荒草的心
075	日　子
076	太阳落山
078	地　图
081	冬天又来了
082	河坡上
083	月亮下
085	怀念：致苇岸
086	远方的田野

088	美好的事
090	草　图
092	底　片
093	醒　来
094	童　话
095	湖　畔
096	春　天
098	夏　天
099	秋　天
100	交　集
101	写给十岁的你
102	一年家事
104	未来的日子
106	那过去了的……
108	抚　摸
109	含羞草
110	婆婆纳
111	囡　囡
112	母与子
114	小心愿
116	慢
118	童　年

119	片　断
121	回　响
123	寂　静
124	收　集
126	平原故事
128	我的平原
130	缩　小
132	夏　夜
133	在水边
134	晚风吹
136	谜　语
138	简　历
139	木　香
140	碑　文
141	寄生虫
145	平面素描
146	钓鱼人
147	醒　来
148	想起两个画面
149	缩　小
150	画
151	黄　昏

005

153	姆妈
154	立春
155	清明
156	节日
157	这些年
158	牙齿
159	如意

小 令

以后,我不太愿意
提起村庄了
如果我说,一只菜粉蝶的新衣
裁掉一匹平原的金黄
再过些年
人们会觉得我在虚构
我只能礼节性地
笑上一笑
就由我来收留那些
说谎一样的往事吧
比如,香油的前身
是开花的芝麻
当我享用陈谷子酿的好酒
记忆里的黄昏,窗格上
有蘑菇一样的月亮
还有多少人
会因为一条小河

长久、清澈地流淌而感动?
若我躺下
也能是一条长河
我将与两岸共荣辱
往北,往南
皆是红鲤鱼的中国

妈妈的微笑

当我背回田野
磨亮农具
把迁徙了的老树
——找回
两只喜鹊的欢声里
娘家人就要来了
妈妈,我看见了你的微笑

当我买回燕笋
种出竹林
柔软的篱笆上
挂满牵牛花的心
它伸出小手
眼睛里装满拥抱
妈妈,我看见了你的微笑

当我搭起庭院

打好水井
屋前有马兰
屋后有针金
细雨里燕子生儿育女
摸鱼的孩子满脸的泥巴
妈妈，我看见了你的微笑

妈妈，我看见你的微笑
像金黄的瓜儿那样甜，像落日
圆嘟嘟的慈悲

母与子

"你这孩子,怎么办呢?
白头发越来越多……"

妈妈,对不起
我把自己用得这么旧了
你每一次叹息
两个节气更挨近了
我已霜降,你已大雪
轮回的春分
我还躺你臂弯做一回婴儿

你有一部分
还在贪睡的猪旁
你手里洗净的胡萝卜
像一朵晚霞
你的镰刀
你的草帽

你浮在碧绿田野的手势

是我大半生的诗篇

馈　赠

蛋壳外,小鸡在打量春天了
吮指头的婴儿那么好看

红蚯蚓是她学的第一个词语
她和长睫毛的布偶无话不说

不必知道万有引力是幸福的
也无任何公式的项圈

我总能看见收获满满的黄昏
那个田野边手握茅针的少年

平原上是他吸鼻涕的声响
和妈妈扑打痱子粉的气味

黄玉兰

那一指嫩黄,骑春光而来
好时间的样子不老
握了放松的小拳头
它在甘蔗的下半截
嘟着嘴发甜
在我六岁手腕上那只表里
蜷缩以婴儿的睡姿
哦,胳膊上种痘的花
还开在出生不久的春天

存　折

户口簿上妈妈存下一个名字
开始往我嘴里存乳汁
存口水搅拌过的饭菜
在昏黄的洋油灯旁
存一双大过一双的布鞋
存一件短于一件的毛衣
存成绩报告单上
她未学过的化学与物理
几何的定理和定律外
她存放我笔直的家训和善良
也存放我牙龈萎缩和胃疼的老毛病
白发存给了我
平原上的劳作存给了我的诗篇
有一天，她拿起所有的数字
要存在我的积蓄后面
妈妈，我在想我存给了你什么
酗酒的担忧，唠叨的厌烦

仅存的一点点荣光
就是又将我生下的小秋天
存给了你生我时那个和风细雨的初夏

荒 草

它们在那里：
河边，田野
坟前，屋后
不说话
很柔，很软
全是活着的、已故的
妈妈的样子

我看着它们
知道了只有一种东西
可以万古长青
那是它们看我们
三五岁时
七八十岁时
的心

月亮向西

有个秋天,外婆挪出了被窝
留下夏虫、满黄昏的佛

月亮向西,姐姐绾髻
少年带远了口琴与铁环

有人一遍遍地唱着老戏
把爱情哭破了几个朝代

月亮向西,浮叶入泥
我怀抱酒坛醉沉落日

日子越看越慈祥
妈妈终于有空发发呆了

这些年她追我已蹒跚
我又如何再用上学步的样子

桥

那条河隔开烟囱与庄稼地
落日很近
过了桥就是它的家

西头蜜蜂舔花
东头我啃甘蔗
河上的石扁担挑满了甜

六岁时画的钟表
仿佛还在手腕上嘀嗒
我吝啬地看守着妈妈的有生之年

今年的桃花开了三朵
妈妈的假牙镶了两颗
那年的落日像一枚补丁

又想起了外婆

蜻蜓一点水
一年很快就过去了
人世又立了一个秋天
在破布般的脸旁
重外孙没有最后清澈地喊你
这一年他新学的儿歌里
有了自己的外婆

我只认识老了时候的你
小脚，小路，挽只小竹篮
三十多年你这样打扮了我的记忆
池塘边，
竹园里，
桑树林，
你找我，你到处翻不到我
你在我眼前拭干额头的惊吓

纸是方的，饼是圆的
你蒸过的馒头最大的一只是土的
虫子蛀坏了落日
水稻田，
玉米地，
棉花窝，
我找你，我到处翻不到你
我在三舅家堂前用眼泪含你

七　年

你在九十三岁住进相框
活到一百岁了
落雨，落雪
已湿不了你的发髻
你给我打伞的手
总是想伸出来——

相框外，我从三十四数到了四十一
婚姻还好
孩子快追上你的个头
手术刀两次犁过妈妈
你也看不见疼了

七年来关于你的悲伤越来越少
你的宽恕，你的"阿弥陀佛"
你的和善未能融化我

我可以祝福万物

却无法不痛恨世间的坏心肠

小小的情歌

你看得见崖壁上那只翠鸟的孤单吗
她的远方有走散的爱人
她的闺房,也许装过唐宋
她缓缓的三寸金莲
踩着青苔上湿冷的相思

当时光和爱情
柔软地悬挂在钟表上
再不分古老与贵贱
我终于咽下最后一枚落日
合上了春天

河流的前身还是河流
一生的爱人穿越一生
我们永远是水孩子、雪孩子
纯洁、不死
像野花的眼睛一样真诚

我的民国住址

木屋一间
门前三个扎辫子的孩子
跳花绳的是我最小的女儿
马兰花开了
她唱着我写给她的歌
手腕有串银匠打的铃铛
篱笆上晾满
绣了红鲤鱼的小衣裳

她做好酒菜
换了身淡绿旗袍
坐在秋千上等我
她不画眉，不涂唇彩
我有国事亦不与说
今日天晴
蚂蚁不忙搬家
梧桐树上露出五张嘴巴

数花瓣

我想花整个上午
数一朵雏菊的花瓣
一,二,三,四……
重数
一,二,三,四……
重数
它盯着我
像用几百双眼睛
在数
好朋友蒲公英的白头发

小

写下这个字
感觉在蜷缩
可以睡进一只蛋
搂好你小心跳
捎点儿悄悄话
我说,黄谷粒口感一般
红蚯蚓肥腻了点
你大可以把长成母鸡的时间
省下来

我胎发未生,你绒毛未长
你我无世仇轮回
稻草窝上太阳点灯
春天来了
我俩也不开门
我远离美酒
你头脑简单

活在将醒未醒
来不及升起爱
也来不及认识恨

大

它在数着腿
它不知道
它囤好的冬天
比我多
它的脚下
是和我脚下一样大的中国
它仰望星空
眼睛闪烁
流露抱负的纯真
多美
它叫蚂蚁
和我有共同的祖先
它一生都活在童年
比我的纸张辽阔

草帽之歌

草帽坐在妈妈头上
胳膊搂住她的下巴
它怕被风刮走

我有点儿像爸爸的草帽
他拽紧我的小腿
怕我被风刮走

你完全可以快乐

你完全可以快乐
你的酒窝可以圆润
够诗的蝌蚪来回地游
一只只英俊的小青蛙
跃出来
扑向眼睛的原野

味　道

你蹚过月亮之河
忘了清风的嗓音
你和小伙伴说点往事
也开始预交话费
你已认不出烤翅味乐事薯片
是哪只土豆
你已认不出被番茄羞红脸的
是哪只土豆

呼 应

大雁从天空飞过
我认出了年幼时的笔迹

它们会带回西伯利亚
这平原上吹翻草帽的风声

我跟孩子说
大雁是一种鹅
当然也是一种鸟
一种很好的鸟

它们也会讲述
一个淌鼻涕的异乡少年
抬头认真看它们的
温情目光

蜗 牛

如果在蜗牛的家族
一颗露水
足够喝上几次下午茶
一畦韭菜
足以远眺森林
一只老奶奶的布鞋
云般越过天空
葡萄快熟了
黄鹂鸟别笑我
我们的夏天不一样
我有快乐,也有恐惧
长不大
永远是个孩子
天黑了,迷路了
探起触角喊着妈妈
三十多年过去了

我用慢
留住了故乡

小

一只蚂蚁
要略大于天空
一枚落叶
要略沉于果实
一个婴儿的手指
把人类吮为过去
风用额头
碰了下水的脸蛋
灰斑鸠眼里漾起
满湖的银谷子
数学天才蜜蜂
算好了万亩平原
花香的容量
在构树上造出
倒悬的莲蓬
无法形容的辽阔啊

总是略小于
我和它们的合而为一

无　垠

大风里
我一直在寻找父亲

像一个错别字
被《辞源》丢来丢去

蜗牛和萤火虫
走在看望祖先的路上

它们梦醒时
还离秋天很远

我看见蒲公英的飞翔
充盈着祖屋的温和

那里孩子的眼睛
在收集世界最简洁的一切

他在苹果树下数苹果
一个，两个，三个……

他的舌尖上
住满最爱唱歌的鸟

他流淌的口水
装下故乡最圆的月亮

马兰谣

小小的村庄
睡了小小的孩子
小小的芦苇
是原野姑娘小小的流苏
小小的姐姐
心思点亮小小的灯笼
小小的月亮啊
抿嘴笑出小小的酒窝

小小的河流
挠呀挠我小小的脚丫
小小的青蛙
在小小的水稻田歌唱
小小的青花碗
盛满灰喜鹊照看的小小的粮食
小小的星星啊
我去看你坐小小的纸飞机

小小的日子

整齐叠放在小小的抽屉

小小的水井

倒映天空小小的云朵

小小的马兰花

从风里寄来紫色的小小的呼吸

小小的太阳啊

一指指丈量小小的故乡

绿手帕

织这一块绿手帕
用了千万条田垄
它长着 32°N，120°E
东部中国的样子
绣上禾苗、桑树
以及所有活过的草木
绣上瓦片、烟囱
以及织它的人的坟包
绣上小布鞋和我
小得总也长不大的爱
露水把它洗得那么洁净
风又轻轻把它吹干
如果星星揉一揉眼
萤火虫提满了往事

黑孩子1

真的,在镜中
在平静的湖面
你让白云更白了
你在羊群里一眼可见
你看起来洒脱
恨不得能喝下一个洋
你胆子其实很小
比你说过的大话要小
在你人世的冬天
会经过无数的薄冰
碎裂声清脆
你翻书,写诗
给心爱的人儿做饭
你远行,访友
提前买好返程的票
你弄丢过兄弟
弄丢过红颜

你还会弄丢双亲
你热爱草木
给它们书写春风
你偶尔读经
祝福遇见过的好人
你这个黑孩子
总让一些人想起
活着时举杯的手势
你的嗓音和笑起来的样子

黑孩子 2

妈妈，我躲着你
又醉来一个黎明
刷牙，洗脸
梳不清新生白发
为革命，保护视力
我戴上了眼镜
一个共产主义接班人
已成慢性胃病患者
血压偏高
尿酸偏高
转氨酶偏高
血黏度偏高
妈妈，我矮不下来了
比不过一只蚂蚁的理想
有时还自挖一堆悲伤
妈妈，我激情万丈
又忤逆不孝

迎来了四十岁的
矛与盾

黑孩子3：寄少勇、雍措

我打开冬天的日记本
想几朵春天遇见的蘑菇
南方又收割了一季水稻
我们好好活着
数完了夏天和秋天
此刻，你们在大风里呵气
在大雪里跺脚
你们的姿势好美
比童年高大
你们温暖
在山上读经，在水边写诗
和我一起
煮着善良的悲伤
今晚，我会打开一坛好酒
佐以你们的相片
今晚，请允许我遗物般

爱你们，爱
一个过去很久的好年代

黑孩子 4

你的头发
已是下过霜后的瓦楞
眼睛的窗户内
灯火略微昏黄
牙齿掉了
嘴巴没了门闩
心,肺,肝,胆
一块块风蚀后的砖
双腿的地基骨质疏松
一堵墙快要塌了

黑孩子 5

又想起他的蒲鞋
陷在那年的雪地
他个头很矮
脚印大过猎人的
灰飞虱们在第二年夏天
活得那么自在
他悬挂于其中的一支麦穗
只为几张学费的羞耻

如果,往事可以烹制
他依然在捕钓鳝鱼
三片生姜
两瓣蒜头
一勺老抽
黄昏油汪汪发红,发亮
乐果,多好听的名字
如他唯一与我对饮过的酒

美　妙

我时常用快乐的心情
想悲伤的事
我最好的朋友
是酒唤回来的逝去光阴里的我
我和我的部分擦肩而过
或许也会握手也会微笑

和过往对饮的人
大可忘记朝代
坐南朝北
清风知己
坐北朝南
明月红颜
今日不取花香
不付碎银
今日我邀七星瓢虫
不醉不归

从　前

我又想起了从前——
那段年月如此辽阔!

风多干净
泥巴多干净
浮云陪少女出嫁
从此我有了妈妈

想起从前
想起水在远方
催醒的生命
温和地填写大地的简历

长河啊
在前面奔跑的爸爸
是另一个赤脚的孩子
我舔一把雪

伸手要摘夏天的果实

今日兰花素黄
娇妻安睡
我又想起了从前——
两个多么漂亮的婴儿!

三代人

有一年,爸爸左手
扶着生病的爷爷
右手拉着我
而立之年的爸爸
多像坚实的扁担
我们去麦地旁看望祖先
在乡间的小路上
我有野花和菜粉蝶的好心情

终有一年
我走在了中间
像那支扁担一样
在那条乡间小路上
走了若干年
直到我也站在了左边

阳光那么光荣地跟随一个家族

简单地走着

走啊，走啊，一直走下去

只是简单去看看爸爸和爷爷

院　子

在那里
没有多余的铁
给草狗打一条链子
有扇小门总会为它开着
没有多余的木头
给井刨一个盖子
蕨类植物快冒出沿来
太阳和月亮
照看着这个小院
因为蚯蚓
或某粒遗漏的秕谷
公鸡有时会写出狂草
柴垛边
母鸡热情地生下星辰
许多人走了
许多个卒日变成
孩子们记得的生日

三两只田鸡呱呱叫

仿佛把小河唱到了院内

种诗者：给王春鸣

你在海螺壳里种下兰草
在冬天种植春天的发肤
风拨弄起你古典的发丝
一曲镂空的《渔舟唱晚》
轻快而富足
南方黑亮的桃枝上
翻过一页页粉红色情书
长满毛茸茸的
小小的梦

你的手艺越江而过
一捧花露
为我慵懒的胚芽取暖
一杯汪洋
洗尽我有毒的铅华
从前数过的星星
再次成为我纯洁的情人

我又看见了

那只优雅的蘑菇

调皮的不老的母亲

眼睛里扑闪着明月

一轮前世

一轮今生

她们赠我清辉,赠我余香

赠我万古常新的感动

你浮游的呼吸

让为诗而生的人

相信土地喂养草木

喂养天空,喂养

希望有血有肉的肌理

乐　园

当我携妻儿隐入丛林
变成温顺的小兽

当我的世界
没有众目睽睽

我终于感受到了
清风明月的品质

当热情的松鼠
邀请我们分享橡实

星星点亮餐桌
合欢的绒毛触摸脸庞

当有一天我成为猎物
我也能享受遍地音乐

当野兔领我过上东躲西藏的生活
我的身体不存一丝惭愧

山坡野花一片烂漫
不祭人间冬至清明

星　空

当那枚落日

又成平原眉心的痣

我那些鲜活相处过的亲人

已是偶尔想起的逝者

他们没有因为歉收

抱怨过劳动

他们满天播种

子孙的口粮

那些星星亮得像遗愿

在日落日出间

我过渡一生

右边的我眨眼又到了左边

无数次感叹的，只是

一个太阳的平常生活

而我亲眼见过太多的人

在追寻幸福的途中

离幸福越来越远
那背影里有着浩荡的哭泣
挂满了祖辈从前的脸

以 后

有湖,有草
有母羊和三两只羔儿
有小木屋
有鸡报晓
有犬守门
有风吹醒蔬菜
和果实
有米酒一缸
有好睡眠
有两个小仙女
淘气地摘我胡须
捏我耳垂
有少数人相度余生
有再美好不过的前程

对　话

一只母羊躺在那
老朴树般安静
它细嚼慢咽
枯草看起来味道也很好

羔儿找到了乳头
和小脚一蹬一蹬的我
那么像
吮吸花的力多大啊

生命都有相似的经验
唯独不记得死亡

睡　梦

又绊倒一条田埂
我手遮里是含羞的明月

"555"牌座钟摆了两下
紫楝打算开了

孩子蹬了蹬被子
花舔了舔舌头

麦田升起一块蓝头巾
妈妈直起了腰

糖纸上那只没捧胡萝卜的大白兔
迷人地看着我——

那少年翻身的口水多么丰沛
一只枕头抱住了雨过天晴的放松

小　镇

以前我在东边的铺子买些书
再去西面的邮局寄几封信
河流上这根旧骨头
衔住了我水一般的柔情

我可以看看
那些有姓氏的小屋
——喊回往年的燕子
炊烟里的鱼米
瓦楞上的青草
它们看起来那么温和

从木梯上走下来
去码头边洗口琴的妇人
她翘起的兰花指上
尚有放松的少女时光

哎，小镇，刻在
我简历中的三个字
被风吹皱的一个词牌
犹记少年《摸鱼儿》
一梦醒来《琐窗寒》

有几只背着我祖先的麻雀
望了望我这眼熟的旅人
有一棵好心的向日葵
掉下颗籽儿
给我腾出一个朝南的房间

王　国

蚂蚁扔掉稻草
洗了把脸,多么放松
蜈蚣来了,它童年的火车

这是960平方米的王国
几滴露珠
拥抱为纯净的湖泊

小瓢虫托起下巴
在眺望
另一片树叶上的生活

草木深处
透出一双双眼睛
它们看见——

总有一枚落日

挂在葡萄园
想结成最大的那颗

风吹大地

我的出生地没有山岗
露珠的身高相差不过一棵朴树

风吹皱稻穗
我脸上也有了褶子

河水离江水不远
月亮翻了翻身又睡下

风推着风
儿子推着妈妈

这里看不见波澜
只有炊烟时而弯了弯腰

黄鼬蹑脚踩过平原
时间的样子一清二楚

我爱这世间一切美好

我爱这世间一切美好
鸟在迁徙
鱼在洄游
人在游牧

蜘蛛在织网
看起来想撒下一片天空
画眉在梳头
马兰在揉眼
邮差回来了
儿子们都在想念妈妈
十万枚邮票
在飞向十万个故乡

我爱这世间一切美好
比如骆驼爱上大海
鲸鱼爱上沙漠

我爱上雨过天晴

爱上所有的虚惊一场

童 话

一本书的夹页间
围了一个窠
母鸭在孵蛋
一只小天鹅
探出了脑袋

认为风笛
比七弦琴好听的
弥达斯
长出了一双
驴耳朵

我还在丹麦
祝福那只丑小鸭
我还在希腊
偷笑那个傻国王
在中国——

原来，石头
也可以是海的女儿
那颗送她的红珊瑚
此刻
多像海豚丢了的耳环

循环之美

做爸爸也快十多年了
镜里镜外
我还没长成一个爸爸的样子
爷爷在世时
爸爸可能也这么想
孩子在吹泡泡糖
活着真是一件有趣又好的事
循环之美
像一茬接一茬的麦子
我努力着
不让风吹田野
掀开一块石头
露出的是如此巨大的悲伤：爱子
阿尔茨海默在爸爸脑里
比石头还重
他已不记得我的名字

他借石匠之手

剜下一个深深的伤口：慈父

暮　晚

青石板上，爷爷在剖鱼
老猫在弓身
它抖几下须子
烟囱也晃了晃
散落的白鳞
每一片都背沉一个太阳

我听见的是
瓜果的欢呼声中
西红柿松开了拳头
童年在矮下来
在匍匐
蚂蚱一跃而过我的睫毛

小　河

微微醉时，我常会

看见那条小河

那个十岁的凫水的孩童

是八十年代夏天的海拔

两三只鸭子

离他很近

它们从未想过

他想吃它们

芦苇的脑袋也摇得那么天真

微微醉时，会比风柔软

会有怜爱之心

我手捧落日

手捧宋朝的面孔

我有一颗荒草的心

一座坟
扶着风长高
高过坟帽
灰斑鸠有泥土的肤色
我有一颗荒草的心

豆油灯，盖面布
黄昏的手指
撰写古远的清寂
雨滴洗过屋檐
落入空的腌菜瓮

路弯弯
我略蹒跚
我有一颗荒草的心
我是你腹中的孩子
是你的碑文

日　子

我看见
刺猬背枣
挪过香甜的甘蔗田

我看见
妈妈在二十年后包馄饨
做年夜饭，银发柔顺

好好的，等那
美丽的衰老
慢慢挽我们

太阳落山

邻家阿姆手一指——
太阳落山了

这是平原,一座山
被她指没了

大爷爷的这个女儿
老睁了眼说瞎话

儿子的面孔还停在二十几年前
她的棒槌依然捶干净了衣裳

午后顺藤摸瓜
她摸到了丝瓜,黄瓜,冬瓜

太阳落山了——
邻家阿姆的炊烟从不比人家的瘦

太阳落到了水井
她打上来肥肥的一桶

地　图

我从未如此认真地
去观察过一张纸
在实线与虚线之间
在颜色与数字之间
我可以确定陆地与岛
却看不见
鸟在飞，兽在跑
大海太大了
《海豚湾》让我大致认出了
其中一小块
《外婆的澎湖湾》让我
大致认出了
另一小块

我认出了我的祖国
在纸上的样子
那么平整、安详

并且不用放大

我就大概知道一所小学的门口

儿子放学了

他的小手塞进了我的手里

我还看见了那间屋子里

晚年的妈妈

往铁锅里倒豆油的姿势

还有"园里"小酒馆

我和彭皓又把一个日子

醉成了昨天

夏天是看不出来的

秋天也一样

所以上面没有野花与落叶

可今日立春了

冬天似乎还没过去

一件厚棉袄

捂着我无所事事的卑怯

因为想起前天

有个孩子在寻找拥抱

我用手指去抚摸

一块叫"江汉平原"的地方

可能喝多了的缘故

我抖了下

感觉一下挪动了

无数人的籍贯与命运

冬天又来了

这些日子,我脑子里
长满了荒草
木鱼和经声
比北风还冷
一只楠木盒子
爸爸捧着一米五的你
一只檀木盒子
我捧着一米八的你
屋子小了点
你们不会再迷路了吧
星星
又闪烁在你们婴儿时的脸庞
远望中
黄鼬带了儿女
重回乡野的怀抱
我——哭了

河坡上

那时的河坡上
翠鸟梳完了妆,它很静
像落日的美人痣
星光开始细数
昆虫和小兽
它们参与了少年的书写记忆

他坐在祖母远眺的手遮里
拔一棵节节草
又慢慢接好
他打开《语文》前
已熟识了心爱的众生
河水哗哗地
喂着两旁的谷物

他没发觉晚风的手指
在笑他耐心汲口水的好样子

月亮下

孩子，你很难看见
信长什么样了
213135，这是我们家
很少再用上的邮政编码
一些数字总是
把另一些数字剪成遗物

孩子，你听不见先人叹息
我拍下膝盖的泥
爷爷牵着你的小手
我叩了下爷爷的额头
他们的胡须
摸起来差不多了

孩子，我很想挖掉一个红萝卜
搂着你
在它房间住一宿

睡一下我们的祖籍

这里不要打马

这里小河流淌

这里奶奶生下爸爸

这里爸爸情窦初开

孩子,我有些难过

我总是要比你提前哀伤

你有彩色的语文

我有石头、剪子、布

你有平面的事物

我有月亮这样的保姆

怀念：致苇岸

有时也要谈谈明天

虽然看不见什么前途

活到我这个岁数

有人就放弃了这个世间

风，老样子吹着

大地上的那些事

人们热情饱满

播种他们二十世纪末的担忧

把生活过成了一朵罂粟

我每日酗酒，抽烟

很多时候不懂得脸红

在太阳底下

不配与一只蚂蚁为伍

一想起远方

我就为这戴罪之身羞愧

我完全可以在婴儿时死掉

妈妈悲伤，却生下了美

远方的田野

我可以双手背握
闲晃中年
像田埂上的那只喜鹊
我双手背握
像拢好的翅膀
恬静,发蓝
我知道芦苇的天空
略高于我的
也知道山芋的大地
略深于我的
它们的爱简朴,直接
往往比我默契
我还能一眼认出
羊儿喜欢的几种草
仿佛等着柔软的舌头
它们在我孩童时
已饱了一部分人世

剩下瘦了的经卷

等风，等雨，等不来什么

唯有万杯心爱之物

渡我

美好的事

没有上过化学课的
奶奶和妈妈是美好的
她们更接近紫云英、羊粪
沤肥的绿情感
她们认识尿素和杀虫剂
把握得住二物的分量
与庄稼的健康比例
她们没读过《寂静的春天》
不晓得蕾切尔·卡森
也是个女人
她们点燃过沼气岁月
不知道它还叫甲烷
在食物面前
她们看见了火焰的图腾
四个氢原子围着一个碳原子
的方桌结构

对她们来说

没有任何关系

草　图

那河水还会由南向北流淌
那月亮还会赤脚过河
那幸存的鲫鱼，鳊鱼，草鱼，鲢鱼……
还会在这里生下后代
那花山雀还会惦记它的耳环
来四处翻寻红色的浆果
我喜欢这里，五月石榴笑
九月棉桃笑，还有三两只绵羊
舔舐我的欢乐和忧伤
老祖母皴裂的指头抚摸过这里
那些水稻，麦子，山芋
那些南瓜，桑树，高粱
我跨过钟表的褶皱
坐时间的滑梯回来
看见了柏树和微笑的母亲
谢谢偶尔来此松泥的蚯蚓
谢谢每年来此翻新的小草和野花

在这古旧的墓园
睡着我所有已去的亲人

底 片

把她的样子冲洗回去
回到心灵手巧的年代
船娘、绣娘、织娘
琴娘、蚕娘、花娘……
做其中任何一个
我也选上与她般配的手艺
写下朴素的生活
在善美之地为过去合影
我一截麦秆、她一片槐树叶
开始原始的吹奏
感谢那些
唱着好听歌的人儿
让我们又一次年轻过
让我从蘑菇的屋顶
爬下来,好好地
活到一个令人尊敬的年龄

醒 来

开始爱荒野之荒
开始知寂寥之寂

愿弃五谷之身份
做不取名字之杂草

愿基因有变，只此一株
无意人来人往

愿自有小满、霜降
风吹乱发，独醉残阳

愿只敬天地不读人心
为死活着，为活死着

童 话

春天来了,我就会温暖
想着用那些柳枝编一只摇篮

我种过的星星长大了
飞到天空生了无数个宝宝

我想,每一颗小星星
都有一个女儿般好听的名字

我在芦苇边想许多美好的事
用一条河摇着这些入睡的孩子

布谷催熟了粮食
婴儿露出了牙齿

一张白纸上有了万事万物的欢笑
我可以再不假装成一个诗人

湖　畔

南窗的光线
速写着枯荣
一只蝴蝶收留的时光
足以让我的朗读
起承转合，足以
让我的眼眶霜降

我不该对俗世
爱恨交加
不该存放坏脾气的闪电
湖鸥拂过水面
我心宁静

每遇到悲伤
我总选择小角度的转身
微笑会扑面而来
那里曾有一只蚂蚁
让我成了骄傲的骑士

春　天

门牙有了缺口
我漏掉了几个好梦
像一个哑巴
把出嫁的姑娘爱了一生

桃花想开了
果儿快鼓出来
它们的红额头
比年画上的寿星好看

许多鸟儿更早醒来
包括一只好久没露面的
乌鸦，阳光下
没有谁会无故想到跌落

我从来不怀疑
三岁的孩子

和九十三岁的爷爷
一样喜欢花儿和果实

夏　天

我牙齿零落，两鬓斑白
说起初恋已是二十多年前的事

说起一些名字
早是已故之人

捉迷藏的，有的躲进泥土
有的躲入星空

我先抱上小板凳回家了
露天电影留给昆虫们看

麻黄、甘草、薄荷各十克
风，枯了这些牙疼的处方吧

光溜溜地躺回妈妈的手心
我眨着眼听她数痱子

秋　天

秋天摆了六张小板凳
处暑尚热，寒露已凉
外婆的粥碗空了
坟头一筛霜降

扁豆花谢，瓢儿菜长
河坡上谷物戴高了夕阳
昆虫拉琴，流水读经
晚风撂倒了当年的铁匠

秋分处有三双眼睛
一个老花镜
一个近视镜
一个望远镜

交　集

把一个人爱老
像把一本书读旧

遥远的是"南山南,北海北"
而身后并排坐了谷堆与墓碑

平原上,草尖衔住露珠
蚂蚁驮起落日

平原上,小鸭在黄昏落单
黄鼬在摸黑贪玩

楝叶招手
雀儿归林

一旦我拆开"妈妈"的发音
也括好了一生的哭

写给十岁的你

你十岁了,推了独轮车
上面平稳坐着
四十岁的爸爸和妈妈

你的脚丫逐渐辽阔
看起来大于一条河的宽度
你开始拥有两岸与远山

我活过,并给你一个祖籍
那里蜂巢悬房,花盘覆瓦
人们热爱收获繁密

而你,比太阳暖,比月亮柔
在天上的时候
你是我地上唯一牵挂的星星

一年家事

他爱上了作业本上
老师批改画出的蝴蝶
他一心让我回到三岁
他的八岁会无比强大

可,我总想那么些事
花会凋零
母羊会瞪大眼睛

妈妈搓揉伤腿
不安地数日子
爸爸老迷路,老忘事
他不晓得
有一片乌云叫阿尔茨海默

爱从未比千年前旧过
死从未比千年前新些

我看见了匍匐的

古老的苟延残喘

喝杯酒

有点老泪纵横

未来的日子

餐桌上,妈妈看看我
看看孩子
像看着今后的几百年

而日子不动声色
很快,我会长成
那些遇见过的老人

张简之没做诗人
没当农民,也不是画家
学得一手好菜

他娶妻了,和
一个藏族姑娘
打理着善良的小酒馆

我,阿尔茨海默病患者

记得的事已不多
唯不会忘记对酒的热爱

堂屋里的脸越挂越满
我没了妈妈,没了老伴
抱起小孙女守着夕阳……

餐桌上,妈妈看看我
看看孩子
像看着今后的几百年

那过去了的……

那过去了的……
是我嘴角微扬的甜
当你说起童年
我想起旧衣柜的储藏
和晒在竹竿上的月亮
水渠里的小鱼
有一双我怎么也忘不了的眼睛
祖父在农历上磨镰刀
父亲的笛音很轻
洋油灯旁
我抚摸第一本《语文》
写下"妈妈"在纸上的
昏黄的书面发音
那过去了的……
还有牧歌、泥巴
还有小甲虫背着的七颗星星
一切在汉字中倒流

我的泪水倒映着古老的南方
那过去了的……
有我对麦浪的敬爱
几粒老蚕豆那么地香
一丛马兰绿得那么无垠

抚　摸

春天，园子里
一只顽皮的菜粉蝶
扮作猪耳朵上的簪花
它有自己对美的认识
它觉得它也可以当回新娘

春天，篱笆上
一只英俊的小蚂蚁
瞪起眼睛，微风吹过
它停下来理了理头发
整了整衣衫

这些，柔软了我的心
风筝远了
小胳膊们搂好父亲的脖子
我，一个诗人
在抚摸最合适的形容词

含羞草

大约隔了三年,孩子
从最爱菊科的向日葵
换作了豆科的含羞草
在傍晚
他伸出手指时很有仪式感
就那么一秒
叶茎下垂,叶片闭合
缩手指却比草的回答还快
一个十岁的少年
从扑闪眼睛
到轻轻皱眉
天气在他脸上变化
有了一颗比草还羞怯的心

婆婆纳

婆婆捏了根针线
在黄昏的头发上磨两下
穿过厚实的布鞋底
她戴上月光
这副老花眼镜
针脚韭菜畦般匀称
——汉语醇厚的酒酿
让我把一朵花的名字
读醉成中国老画面
每一年春风都会吹醒我
去看看那些蓝盈盈的
永远长不大的女儿
她们总给我好天气的心情
她们原谅了我的过错
她们微笑，仿佛
三十多年前镰刀划过的伤口
从未发生

囡　囡

好像快越冬了，我还在张望
春天的田野边
手遮里，你口齿伶俐
笑起来湖水盈盈
有我两个未瘦的酒窝
草莓渐红，枇杷熟了
你甩动的马尾辫上
各系了朵泡桐花
请你放下口琴，看看你的爸爸
那个吹口哨的路过你的少年
——为父已恒牙脱落
你乳牙初齐
轻轻抿住我平整的心事

母与子

妈妈,还记得第一次胎动
与我粉嫩指尖上透明的光吗?

妈妈,还记得牙床光滑的笑
与我"姆妈"的最初发音吗?

柴垛眉上月色香甜
门前竹席铺好乘凉的夜

妈妈,一只蛐蛐的叫喊
比我到过的所有地方真切

秋叶黄了,快到白露
我依然没有多大的惊喜

妈妈,只要我日子过得还好
就是你最辽阔的想象

妈妈，我已遇到很多悲伤的孩子
你要好好的，让我一直喊你

小心愿

让我回到三十多年前
出生的地方
一个初夏的子夜
蚕豆花开了
布谷鸟叫着
我扑闪的眼睛
映出一张合影里美满的婚姻
我认识锄头
却不懂得劳动
我认识星空
却不懂得物理
在那个小村子旁
一条河流响着古老的声音
我，虚岁两岁，尚哺乳期
不会因失恋难过
不会为土地悲伤
一生只会两个简单发音

啊,清贫如画
枣花般的米粒
啊,纯洁如诗
石榴般的乳房

慢

还有些人可以想起
还有些墓可以去扫扫

不可把玉米啃破
一粒一粒剥,一个秋天
变为几百个秋天

乘法口诀太快
除也快
多与少,可以一点点加
一点点减

四岁前,我的孩子数数
用十根手指
解决过所有难题

月光太快

可向风学习
风可向奶婴儿的芬芳学习

木屑,稻草灰,木屑
脚炉里那块饼干
夹了通红的心
几颗在蹦的老蚕豆
如缀在上面的芝麻

童　年

我为落日隐没哭过
也为河坡上的晚风
为倒入羊圈的
那一篮枯草
为一只跌落的雏鸟
我的眼睛装满过
两个大海
很多年过去了
我依然热爱这些怀念
和过往席地而坐
在绿色素笺上
我借笔的粉嫩嘴唇
婴儿般吻遍
湖水，庄稼，麻雀，稻草人
以及平原上的万事万物

片　断

五岁时，我就
去另一个村庄
给爸爸打散装的老酒
路不远
只要绕过半个河塘
四五棵杨树
和几只知了
找回的三分零钱
可以买一根赤豆冰棍
我舔呀舔呀
杨树上的知了越发渴了

五岁时，我脚底有力
喜欢上奔跑
和狗，和落日，和田野的风
等我学会了散步
我的初恋都快四十岁了

我有时做菜忘记放盐了

我已很久不吃冰棍

开始惦记给流浪的狗

一碗热汤

回　响

老伙计在摇摆
踩在偏大的旧式单车上

他打架缺了一颗门牙
一直没丢第二颗

那年十六岁
到现在还是十六岁

那年的麦田
许多虫子幸存了下来

一只褐色的瓶子
装过我从未尝过的味道

隔日收割了一小片地
仿佛为了清理，可以隆起土堆

那锈了的铃声

依然在暮色里敲鼓

寂　静

铁环在松泥上硌到了石头
妹妹"噗噗"地玩口琴
酒碗边的一口"啧"惊动了知了
池水静了。爷爷补上午后的轻鼾
老磁带转动两张嘴巴
各甩出一条严凤英的长袖

两三只小船靠在河边
风一起，香蒲像一支支顽皮的篙
小草还在发芽
蚂蚁抬了抬头
阳光下密舞的细尘
宛如另一个星空

收　集

一只军绿色的书包

缝上五角星，闪着我年少的敬仰

它不能太洁净

沾些泥巴，青草的汁，菜花的黄

画出我的路线和出身

铁皮文具盒上的乘法口诀

不会生锈

那里还躺着一支削尖的铅笔

它倒立的粉橡皮

没有擦去女孩儿的名字

她的两条黑辫子

在方格子里摆动

她的微笑三十年不老

打开《语文》的启蒙

小猫还在钓鱼

猴子还在捞月

泛黄的书皮上

有遥远的1985年的头版头条

卷页里还夹了几张

节省下来的分币

老式的卡车、飞机、轮船

正运回

果丹皮的甜,山楂片的酸

一只沉睡的蝴蝶

嘴唇上有平整的往事

平原故事

白胡子的茅针
过着返老还童的生活
灰喜鹊的菜谱上
有紫楝姐姐的耳坠
院落里,下蛋的母鸡死了
鸡冠花还开着
院落外,喝羊汤的人死了
羊吃过的草还长着
祖母在叹息中守寡多年
一块石头上栖息着
祖父不老的微笑

我记得那些美丽的清贫
稻子会唱歌
青菜在写诗
好一碗玉肌翠袖
我记得那些立春与立秋

父亲砍柴火

母亲蒸馒头

好一番良辰美景

多少人酒醉他乡

扔下平原上的花花草草

忘记了四季镶边的外衣

下蛋的母鸡死了

祖母还活着

她坐在庭院中，身边的圆井

像一篇文章里熟悉的标点

呼唤逗号们的最后一次造句

我的平原

再不能像孩子一样说话了
我很难过,手捧棕黄扑满
还可以装下亚热带土壤的爱吗?
在一口老井的灰眼里
涌出祖父的水源

这些年,我有时半身悬崖
有时半身清秀的西伯利亚
因为叙述的平整
我撇开了扁豆般的青春

一个太阳落山了
千万片桑叶亮了整个村庄
声音细小起来
我听得见漂亮的好脾气
母亲们指掌上的茧
足够织一匹太湖的丝绸

喜鹊谈吉祥,亦可为绝句
稻草人扶好可敬的墓碑
那些纯洁的麻雀
时不时地转身
把土地饿得那么金黄

缩 小

我喊"祖国"喊到了中年
嗓音不再清脆
喉咙在"张家村"低哑下来
那里有个孩子面色蜡黄
他有寄生虫和宝塔糖
他的黑蚂蚁睡了,红痱子熟了

我已写不了多大的山河
所认识的太湖与长江
也慢慢加了点葱姜
小于碗,短于筷

我对百鸟的爱显然已微弱
只够与一群麻雀
或两只喜鹊说说
稗草和看麦娘
比往日的谷物茂盛

疼爱我的人
门前开满了野花

我以为童年辽阔，不过是
一条善良的黄狗
摇了摇尾，翻了翻身

夏　夜

很多年没倒立了
在瓦房的屋檐下
光脚的白天
扁担举了箩筐
草帽盛了脸

麦穗边的飞虫有各种口味
青蛙瞪大了眼睛
水蛇戏弄月亮时
一个捕鱼人正抡起扁叉
我仿佛看见鸟窠中
有两颗紧张的小心脏

那么多的萤火虫突然不见了
一支手电筒的光束里
装满了在回来又在消失的
童年

在水边

浮萍上,蹲了只青蛙
几尾鱼在吐泡泡
他喉结滚了下
说,田鸡可油爆
菱角得清炒,鲫鱼要红烧
这个掬起蝌蚪在岸上晒干的
从前的胖孩子
我的老伙计
在水边盘算了很多年——

他的眼睛不再辽阔
越来越像墓地
还有一只水鸟飞过

晚风吹

我那初夏的脸
我那放松的笑
被晚风吹走了

一个婴儿在怀抱中安睡
一个老人在门板上安睡
我被安睡成中年

河坡边芦苇背已驼
高僧的白眉毛下
狗尾草钓着夕阳

我抿紧嘴
不露残牙
关好真身

可一旦说起泥土

我会不安,说起村庄
我会吞吞吐吐

晚风吹,说起草木
我也会脸红了
它们的单纯令我无比可疑

谜 语

三舅做过屠夫
之前，还会砌灶
在我家堂屋
他大口喝酒
大口吃炒肚片
那时他的胃还在身体里
二舅给我们家打过桌椅
在我家堂屋
他大口喝酒
大口吃肚片
那时他的胃还在身体里

两个舅舅
加起来没有一个胃了
他们喝粥，吃笃烂面
家族的病史
让他们失去了

那么好的酒囊饭袋

我在炊烟与落叶间
长成了他们中年的模样
那些飘摇的谜面
藏了种种祝福
当我再也不能说
"到舅婆家去"
几棵柏树的根须
抱紧了共同的谜底

简　历

二〇〇四年，我可以心血来潮
在一本诗集的首页写下自己的简历：
张羊羊，男，二十六岁
籍贯：江苏常州
喜欢喝酒、抽烟
准备到每一个想去的地方看看

二〇五四年，我还有一份简历：
先父张羊羊之墓（一九七九年—二〇五四年）
女：张秒秒　立

木 香

一棵楝树可以瓜分我
大致的生活
杉树也行
流水线上,几个木匠长着
摇篮、躺椅、拐杖的脸
长方形的小盒里
好像还摆了那双筷子

木香多好闻啊
日初时嘱我上路
月初时领我回家
几朵合欢是妈妈招手的晚霞

碑　文

竹马上的少年
也有星光下的草原
他嗓音天蓝
可以放牧羊群
他眼睛明澈
可以飞出鸟
他满脸泥巴却不染一尘
尚无戴罪之身

他怀古简
热爱酒，也因此荒唐过
他有暖意
却绕不开独木桥上的冷
有时间的人
多看看他的笑吧
每一次都可能是最后
谢世的碑文

寄生虫

又买了一套
不太会读完的书
两万多页
汉魏,唐宋元明清
几千年的时光
被我非常轻易地
摆在一块木板上
那木头
叫红橡
离爷爷栽的朴树很远
阮籍、刘伶
醉了这么多年月
一个残村子
让我活得那么体面
一个外婆睡了七年
还在给我读诗
教诲我善良

我见过的山

没有高过她的那个坡

我从幼儿园开始

就学会了

听死人说的话

耳朵边的那只

旧喇叭还没哑

有为革命，保护视力

而我眼睛坏了

牙齿掉了好几颗

一只会生好蛋的母鸡

从草窝暖暖地拍翅落地

太美了

美又有什么用

雨老让我忘记昨天的太阳

它的蛋被我吃了

它也被我和妹妹吃了

时光就是一张破嘴

眨眼

和姆妈吵嘴的

八十年代已在左手
爸爸的右手
又在屁股上落下

翻了几页
我就瞅了那条鱼
它幸福地知晓
自己的不幸福
从夏天游到了春天
一只小水缸
多么万里无云
多么万寿无疆

《西京杂记》里的霍光将军
死了
他的双胞胎儿子
也死了
我认识的人
很多死了
很多还活着
还在写诗
我的体液

奇妙地
变成一个十岁的儿子
他那么强大
快高过屋里的芭蕉

爸爸,我想你了
妈妈,我想你了
妈妈,请原谅我
第一次把爸爸
放在你前面

平面素描

母亲爬上木梯子

摘了两三根嫩丝瓜

她从容一笑

将傲慢的时间

赶向逃亡的路上

水稻田边的麻雀笑了

菱叶上的青蛙也笑了

午后的平原

笑声一片,之后静下来

像奶好了的孩子

风推开两扇门,梳洗

古柏,母亲

青草,女儿

涌入的阳光

瞬间叠上我不能倾斜的心灵

钓鱼人

钓鱼人坐在塘边
弓身
像猫的背影
芦苇上
一只翠鸟静静注视水面

有风在吹
一粒熟透的野杨梅
跌落,扑通
同时抖动了
三颗心

醒　来

酒给我分了点身体
与我共饮

背对夜
整个星空像一张靠椅

——当一粒种子即将醒来
它惊心动魄的宁静
让我获得了这个同等的空间

想起两个画面

打碗碗花镶了田野的梦
怕镰刀尖弄疼它们的
是我那小脚外婆

麻雀在找口粮,一条幸福的咸鱼
挂在门檐
没心没肺地晒着太阳

缩　小

瓢虫背了一张地图
我在上面流浪

风吹过河流
爬过高山
穿过森林
我有青蛙的舌头
一口吃下去一粒

一株稻穗
我仰头时的满天星斗

画

爷爷还在眯眼,一只墨斗
画儿女们的床,桌椅,嫁妆
姑姑还在侧头,一块画粉
画哥哥嫂嫂们的冬暖夏凉
孩子还在抿嘴,一支蜡笔
画出辫子,画我欠他的一个亲人
他系上红领巾出门的小背影
让我的眼睛突然画出旷世的孤独

黄　昏

哎，太多的赞美是多余的

妈妈拖了伤腿
在搀扶拖了伤腿的奶奶
两个女人
晃完了一百五十年的平坦
一种苍老
给另一种苍老浇水
平原上的黄昏
皱纹叠叠
倒映那些精耕细作的田垄

阿尔茨海默像笨重的手扶拖拉机
将爸爸
驮回一个寡言的孩子

日薄西山——
我终于看见了一个汉语的血肉

姆 妈

你又枯了许多
野花却一年比一年亮

一碗粥,两三句叮嘱
已是我半生的日记

你在暮色里伸手,一摸到茧
让我暂且还不是一个穷人

姆妈,有你均匀的鼻息
就能吹拂我的秋水文章

立 春

用这首短诗盖间房
让姆妈在此住一天
无须惦念播种

她可以穿上旗袍
坐辆黄包车去大光明影院
偷闲看回戏

我有奶妈带好
一碗热腾腾的小馄饨
摆在民国老上海的弄堂

一个被油绳擦亮嘴唇的小姑娘
对我莞尔一笑
已到了我四十二岁的春天

清　明

一百多年前见过的野花
就开在身边
爸爸、妈妈和爱妻
只剩下四个名字
这一天
是我们共同的生日
儿子来看我们了
这家伙长得多像我晚年
他拎了只酒坛
不敢忘记我最后的嘱咐
时间也差不多了
没有几个还记得我这
已故之人，挺好的

节 日

河坡上,草儿嫩得
快要潽出汁水了
两只羊跪地而坐
像是心地善良的饮者
一个是我的庄子
一个是我的孟子

我是从远古来的人
迷恋我的青草和白羊
当平原安放晚风
落日句号般宁静
我用远古的微笑
向今世奉献一次悲伤

这些年

这些年,小雪无雪,但
冬来有新炊,陈谷可酿酒
落日懒懒地照看
麻雀和我这样的土著
时间如新娘,在墙上打铺
奶奶一页一页卸下她
化了数字的妆
有些书从未打开,有些则
翻了又翻
那头一百多岁的小毛驴
依然驮着那首温情的歌
这些年,双亲可待,孩子健康
老伙计们很少走丢
我们还能略微
爱慕点虚荣
也是十分美好的事

牙 齿

在我门牙啃甘蔗
磨牙嚼蚕豆的小辰光

外婆捏了牙齿
刷好上排又刷下排

后来我那亮晶晶的栅栏松了
开始用起她洗牙齿的手势

她茹素,笑如兰花
眼里能飞出喜鹊

可我总想起她最后张大的嘴巴
像一个古老的伤口

如　意

收音机的嗓子一旋到越剧
你便开始编织了
几团绒线,两根竹针
嘴唇轻轻碰出一组算数题
开司米或马海毛
跳了起来

多年以后,我才知道
原本那跳的两个词语
一个是克什米尔山羊
一个是安哥拉山羊
而在八十年代
它们是化纤品,亦可御寒

麦田中,你不断换姿势
咕咚地喝凉开水
你揭下橡皮膏

让手指喝几滴蛤蜊油
你横起扁担,竖好柴火
转眼已给我试戴你的老花镜

姆妈,你的各种样子
串成了北斗
给我方向
是我的如意